LE CRIME DE LORD ARTHUR SAVILE

OSCAR WILDE

LE CRIME DE LORD ARTHUR SAVILE

Traduit de l'anglais
par Albert Savine

PRÉFACE

William Wilde est un médecin réputé (et un archéologue éminent) de Dublin. Il a épousé Jane Francesca, une poétesse nationaliste et antimonarchiste ; ils ont deux enfants, Willie, et Oscar, né le 16 octobre 1854, baptisé ainsi parce que le roi de Suède, Oscar, a demandé à être son parrain afin de remercier le père de l'avoir opéré avec succès de la cataracte.

Francesca traduit Alexandre Dumas ou Lamartine, et habille Oscar en fille, car à sa naissance, elle désirait une fille. Dès son entrée au collège, l'enfant étonne : il refuse les exercices physiques, parle le latin avec la même facilité que l'anglais, et montre une imagination débordante et un talent indéniable pour le théâtre. À 20 ans, il va achever ses études classiques à Oxford, où il s'entoure d'une cour de dandies (lui-même se change trois fois par jour) qu'il entretient de philosophie grecque et d'art italien.

Catholique parce que les fastes des grand-messes l'attirent, toujours protestant en mémoire de son père (mort en 1876) et franc-maçon par curiosité, Oscar Wilde s'installe à Londres en 1879 avec un jeune sculpteur, protégé d'un lord qui les introduit dans la haute société. Oscar Wilde y fait merveille par son esprit brillant et ses poses affectées de dandy. Il devient la coqueluche des duchesses et le confident des actrices à la mode. Mais ses poèmes ne le nourrissant pas, il s'embarque pour une tournée d'un an aux États-Unis (1881) où, dans les universités, il discourt sur l'esthétisme. Retour à Londres, le temps de déclarer aux journalistes qu'*Anglais et Américains ont tout en commun, sauf la langue*... puis séjour à Paris, où il tente de monter sa pièce, *La Duchesse de Padoue*. Il distribue ses plaquettes de vers à tous les poètes connus, Hugo, Mallarmé, Verlaine... se lie avec le peintre Gustave Moreau, et, pour s'arracher à ses penchants homosexuels, revient à Londres en 1884 épouser la belle Constance Lloyd, fille d'un avoué. Constance a des yeux couleur de violette, et l'art de porter les toilettes les plus excentriques que lui impose son esthète de mari, du kimono à la toge grecque, de la tenue de bergère à des robes de bal surannées.

La naissance de deux fils, en 1885 et 1886, ne rapproche pas le couple. Oscar Wilde, qui amuse les dames, notamment dans ses chroniques du *Ladies'Journal*, d'où il se fait renvoyer pour désinvolture, s'ennuie avec son épouse. En 1886, il quitte le domicile conjugal pour vivre avec Robert Ross, un critique d'art de 18 ans. Il écrit quelques contes pour enfants, et publie *Le Portrait de Dorian Gray* dans une revue, en 1890, tout en continuant à déclamer ses éblouissants paradoxes dans les réceptions mondaines.

C'est alors qu'un ami commun lui présente lord Alfred Douglas ; il étudie à Oxford, il est beau, jeune et riche. Son père, le marquis de Queensberry, rejeton d'une vieille lignée de la noblesse écossaise, est un bon boxeur, qui a codifié le « noble art ». Entre Oscar Wilde et lord Alfred commence une amitié tourmentée et violente. Le succès arrive enfin : sa comédie *L'Éventail de lady Windermere* fait un triomphe à Londres (1892), *Le Portrait de Dorian Dray* est un succès à Paris, où est joué *Salomé*, une pièce refusée par l'Angleterre victorienne parce qu'elle met en scène des personnages de la Bible.

Mais à la gloire s'ajoutent les premiers pas de la descente aux enfers : Wilde, qui fréquente les bas-fonds, est soumis au chantage de ses amants d'un soir ; avec lord Alfred, ruptures et réconciliations se succèdent jusqu'à ce que le père boxeur s'en mêle, et traite l'amant de son fils de « sodomite ».

Oscar Wilde porte plainte pour diffamation ; le marquis de Queensberry réplique en enquêtant dans les bas-fonds, et justifie son accusation : Wilde, qui est parti en vacances avec lord Alfred sur la Côte d'Azur, est arrêté à son retour, le 5 avril 1895, et poursuivi par la justice anglaise pour sodomie. Son mobilier est vendu, sa femme n'a que le temps de partir avec une valise… Les puritains, les jaloux, et tous ceux dont il s'est moqué, triomphent. Lors du procès, c'est la curée : seul Oscar Wilde (car il n'est pas seul sur le banc des accusés) est condamné ; deux ans de travaux forcés !

Wilde, qui casse des cailloux et brosse des murs, est un homme brisé, fini, oublié… Pendant sa détention, sa mère est morte, sa femme, sous la pression de sa famille, a obtenu le divorce ; il a été déchu de ses droits paternels…

À sa libération, sous un faux nom, il s'installe en France. Lord Alfred l'emmène visiter la Sicile, puis regagne Londres, le laissant seul. À Paris, Wilde hante le Quartier latin, boit avec Jarry et Alphonse Allais, se fait inviter par Diaghilev... Il souffre de terribles maux de tête (sans doute une tumeur au cerveau) et meurt dans une chambre d'hôtel, derrière Saint-Germain-des-Près, le 30 novembre 1900, âgé 46 ans. Il avait écrit, quinze ans auparavant : « Je crois que la vie artistique est un long suicide et je n'en suis pas fâché. » Lord Alfred Douglas, accouru de Londres, mènera le cortège funèbre.

I

C'était la dernière réception de lady Windermere, avant le printemps.

Bentinck House était, plus que d'habitude, encombré d'une foule de visiteurs.

Six membres du cabinet étaient venus directement après l'audience du *speaker*, avec tous leurs crachats et leurs grands cordons.

Toutes les jolies femmes portaient leurs costumes les plus élégants et, au bout de la galerie de tableaux, se tenait la princesse Sophie de Carlsrühe, une grosse dame au type tartare, avec de petits yeux noirs et de merveilleuses émeraudes, parlant d'une voix suraiguë un mauvais français et riant sans nulle retenue de tout ce qu'on lui disait.

Certes, il y avait là un singulier mélange de société : de superbes pairesses bavardaient courtoisement avec de violents radicaux. Des prédicateurs populaires se frottaient les coudes avec de célèbres sceptiques. Toute une volée d'évêques suivait, comme à la piste, une forte *prima donna*, de salon en salon. Sur l'escalier se groupaient quelques membres de l'Académie royale, déguisés en artistes, et l'on a dit que la salle à manger était un moment absolument bourrée de génies.

Bref, c'était une des meilleures soirées de lady Windermere et la princesse y resta jusqu'à près de onze heures et demie passées.

Sitôt après son départ, lady Windermere retourna dans la galerie de tableaux où un fameux économiste exposait, d'un air solennel, la théorie scientifique de la musique à un virtuose hongrois écumant de rage.

Elle se mit à causer avec la duchesse de Paisley.

Elle paraissait merveilleusement belle, avec son opulente gorge d'un blanc ivoirin, ses grands yeux bleu de myosotis et les lourdes boucles de ses cheveux d'or. Des cheveux d'*or pur*[1], pas des cheveux de cette nuance paille pâle qui usurpe aujourd'hui le beau nom de l'or, des cheveux d'un or comme tissé de rayons de soleil ou caché dans un ambre étrange, des cheveux qui

1. En français dans le texte.

encadraient son visage comme d'un nimbe de sainte, avec quelque chose de la fascination d'une pécheresse.

C'était une curieuse étude psychologique que la sienne.

De bonne heure dans la vie, elle avait découvert cette importante vérité que rien ne ressemble plus à l'innocence qu'une imprudence, et, par une série d'escapades insouciantes — la moitié d'entre elles tout à fait innocentes —, elle avait acquis tous les privilèges d'une personnalité.

Elle avait plusieurs fois changé de mari. En effet, le Debrett portait trois mariages à son crédit, mais comme elle n'avait jamais changé d'amant, le monde avait depuis longtemps cessé de jaser scandaleusement sur son compte.

Maintenant, elle avait quarante ans, pas d'enfants, et cette passion désordonnée du plaisir qui est le secret de ceux qui sont restés jeunes.

Soudain, elle regarda curieusement tout autour du salon et dit de sa claire voix de contralto :

— Où est mon chiromancien ?

— Votre quoi, Gladys ? s'exclama la duchesse avec un tressaillement involontaire.

— Mon chiromancien, duchesse. Je ne puis vivre sans lui maintenant.

— Chère Gladys, vous êtes toujours si originale, murmura la duchesse, essayant de se rappeler ce que c'est en réalité qu'un chiromancien et espérant que ce n'était pas tout à fait la même chose qu'un chiropodist.

— Il vient voir ma main régulièrement deux fois chaque semaine, poursuivit lady Windermere, et il y prend beaucoup d'intérêt.

— Dieu du ciel ! se dit la duchesse. Ce doit être là quelque espèce de manucure. Voilà qui est vraiment terrible ! Enfin, j'espère qu'au moins c'est un étranger. De la sorte, ce sera un peu moins désagréable.

— Certes, il faut que je vous le présente.

— Me le présenter ! s'écria la duchesse. Vous voulez donc dire qu'il est ici.

Elle chercha autour d'elle son petit éventail en écaille de tortue et son très vieux châle de dentelle, comme pour être prête à fuir à la première alerte.

— Naturellement il est ici. Je ne puis songer à donner une réunion sans lui. Il me dit que j'ai une main purement psychique et que si mon pouce avait été un tant soit peu plus court, j'aurais été une pessimiste convaincue et me serais enfermée dans un couvent.

— Oh ! je vois ! fit la duchesse qui se sentait très soulagée. Il dit la bonne aventure, je suppose ?

— Et la mauvaise aussi, répondit lady Windermere, un tas de choses de ce genre. L'année prochaine, par exemple, je courrais grand danger, à la fois sur terre et sur mer. Ainsi il faut que je vive en ballon et que, chaque soir, je fasse hisser mon dîner dans une corbeille. Tout cela est écrit là, sur mon petit doigt ou sur la paume de ma main, je ne sais plus au juste.

— Mais sûrement, c'est là tenter la Providence, Gladys.

— Ma chère duchesse, à coup sûr la Providence peut résister aux tentations par le temps qui court. Je pense que chacun devrait faire lire dans sa main, une fois par mois, afin de savoir ce qu'il ne doit pas faire. Si personne n'a l'obligeance d'aller chercher monsieur Podgers, je vais y aller moi-même.

— Laissez-moi ce soin, lady Windermere, dit un jeune homme tout petit, tout joli, qui se trouvait là et suivait la conversation avec un sourire amusé.

— Merci beaucoup, lord Arthur ; mais je crains que vous ne le reconnaissiez pas.

— S'il est aussi singulier que vous le dites, lady Windermere, je ne pourrais guère le manquer. Dites seulement comment il est et, sur l'heure, je vous l'amène.

— Soit ! Il n'a rien d'un chiromancien. Je veux dire qu'il n'a rien de mystérieux, d'ésotérique, qu'il n'a pas une apparence romantique. C'est un petit homme, gros, avec une tête comiquement chauve et de grandes lunettes d'or, quelqu'un qui tient le milieu entre le médecin de la famille et l'attorney de village. J'en suis aux regrets, mais ce n'est pas ma faute. Les gens sont si ennuyeux. Tous mes pianistes ont exactement l'air de pianistes et tous mes poètes exactement l'air de poètes. Je m'en souviens, la saison dernière, j'avais invité à dîner un épouvantable conspirateur, un homme qui avait versé le sang d'une foule de gens, qui portait toujours une cotte de mailles et avait un poignard caché dans la manche de sa chemise. Eh bien ! sachez que quand il est arrivé, il avait simplement la mine d'un bon vieux clergyman. Toute la soirée, il fit pétiller ses bons mots. Certes, il fut très amusant et bien de tous points, mais j'étais cruellement déçue. Quand je l'interrogeai au sujet de sa cotte de mailles, il se contenta de rire et me dit qu'elle était trop froide pour la porter en Angleterre… Ah ! voici monsieur Podgers. Eh bien ! monsieur Podgers, je voudrais que vous lisiez dans la main de la duchesse de Paisley… Duchesse, voulez-vous enlever votre gant… non pas celui de la main gauche… l'autre…

— Ma chère Gladys, vraiment je ne crois pas que ceci soit tout à fait convenable, dit la duchesse en déboutonnant comme à regret un gant de peau assez sale.

— Jamais rien de ce qui intéresse ne l'est, dit lady Windermere : *on a fait le monde ainsi*[1]. Mais il faut que je vous présente, duchesse. Voici monsieur Podgers, mon chiromancien favori ; monsieur Podgers, la duchesse de Paisley… et si vous dites qu'elle a un mont de la lune plus développé que le mien, je ne croirais plus en vous désormais.

— Je suis sûre, Gladys, qu'il n'y a rien de ce genre dans ma main, dit la duchesse d'un ton grave.

— Votre Grâce est tout à fait dans le vrai, répliqua Mr Podgers en jetant un coup d'œil sur la petite main grassouillette aux doigts courts et carrés. La montagne de la lune n'est pas développée. Cependant la ligne de la vie est excellente. Veuillez avoir l'obligeance de laisser fléchir le poignet… je vous

---

1. En français dans le texte.

remercie… trois lignes distinctes sur la *rascette*[1]… vous vivrez jusqu'à un âge avancé, duchesse, et vous serez extrêmement heureuse… Ambition très modérée, ligne de l'intelligence sans exagération, ligne du cœur…

— Là-dessus soyez discret, monsieur Podgers, s'écria lady Windermere.

— Rien ne me serait plus agréable, répondit Mr Podgers en s'inclinant, si la duchesse y avait donné lieu, mais j'ai le regret de dire que je vois une grande constance d'affection combinée avec un sentiment très fort du devoir.

— Veuillez continuer, monsieur Podgers, dit la duchesse dont le regard marquait la satisfaction.

— L'économie n'est pas la moindre des vertus de Votre Grâce, poursuivit Mr Podgers.

Lady Windermere éclata en rires convulsifs.

— L'économie est une excellente chose, remarqua la duchesse avec complaisance. Quand j'ai épousé Paisley, il avait onze châteaux et pas une maison convenable où l'on pût habiter.

---

1. En français dans le texte.

— Et maintenant il a douze maisons et pas un seul château, s'écria lady Windermere.

— Eh ! ma chère, dit la duchesse, j'aime…

— Le confort, reprit Mr Podgers, et les perfectionnements modernes, et l'eau chaude amenée dans toutes les chambres. Votre Grâce a tout à fait raison. Le confort est la seule chose que notre civilisation puisse nous donner.

— Vous avez admirablement décrit le caractère de la duchesse, monsieur Podgers. Maintenant veuillez nous dire celui de lady Flora.

Et pour répondre à un signe de tête de l'hôtesse souriante, une petite jeune fille, aux cheveux roux d'Écossaise et aux omoplates très hauts, se leva gauchement de dessus le canapé et exhiba une longue main osseuse avec des doigts aplatis en spatule.

— Ah ! une pianiste, je vois ! dit Mr Podgers, une excellente pianiste et peut-être une musicienne hors ligne. Très réservée, très honnête et douée d'un vif amour pour les bêtes.

— Voilà qui est tout à fait exact ! s'écria la duchesse se tournant vers lady Windermere. Absolument exact. Flora élève deux douzaines de collies à Macloskie et elle remplirait notre maison de ville d'une véritable ménagerie si son père le lui permettait.

— Bon ! mais c'est justement là ce que je fais chez moi chaque jeudi soir, riposta en riant lady Windermere. Seulement je préfère les lions aux collies.

— C'est là votre seule erreur, lady Windermere, dit Mr Podgers avec un salut pompeux.

— Si une femme ne peut rendre charmantes ses erreurs, ce n'est qu'une femelle, répondit-elle… Mais il faut encore que vous nous lisiez dans quelques mains… Venez, sir Thomas, montrez les vôtres à monsieur Podgers.

Et un vieux monsieur d'allure fine, qui portait un veston blanc, s'avança et tendit au chiromancien une main épaisse et rude avec un très long doigt du milieu.

— Nature aventureuse ; dans le passé quatre longs voyages et un dans l'avenir… Naufragé trois fois… Non deux fois seulement, mais en danger de naufrage lors de votre prochain voyage. Conservateur acharné, très ponctuel, ayant la passion des collections de curiosités. Une maladie dangereuse entre la seizième et la dix-huitième année. A hérité d'une fortune vers la trentième. Grande aversion pour les chats et les radicaux.

— Extraordinaire ! s'exclama sir Thomas. Vous devriez lire aussi dans la main de ma femme.

— De votre seconde femme, dit tranquillement Mr Podgers qui conservait toujours la main de sir Thomas dans la sienne.

Mais lady Marvel, femme d'aspect mélancolique, aux cheveux noirs et aux cils de sentimentale, refusa nettement de laisser révéler son passé ou son avenir.

Aucun des efforts de lady Windermere ne put non plus amener Mr de Koloff, l'ambassadeur de Russie, à consentir même à retirer ses gants.

En réalité, bien des gens redoutaient d'affronter cet étrange petit homme au sourire stéréotypé, aux lunettes d'or et aux yeux d'un brillant de perle, et quand il dit à la pauvre lady Fermor, tout haut et devant tout le monde, qu'elle se souciait fort peu de la musique, mais qu'elle raffolait des musiciens, on estima, en général, que la chiromancie est une science qu'il ne faut encourager qu'en *tête-à-tête*[1].

Lord Arthur Savile, cependant, qui ne savait rien de la malheureuse histoire de

1. En français dans le texte.

lady Fermor et qui avait suivi Mr Podgers avec un très grand intérêt, avait une vive curiosité de le voir lire dans sa main.

Comme il éprouvait quelque pudeur à se mettre en avant, il traversa la pièce et s'approcha de l'endroit où lady Windermere était assise et, avec une rougeur, qui était un charme, lui demanda si elle pensait que Mr Podgers voudrait bien s'occuper de lui.

— Certes oui, il s'occupera de vous, fit lady Windermere. C'est pour cela qu'il est ici. Tous mes lions, lord Arthur, sont des lions en représentation. Ils sautent dans des cerceaux, quand je le leur demande. Mais il faut auparavant que je vous prévienne que je dirai tout à Sybil. Elle vient luncher avec moi demain pour causer chapeaux, et si Mr Podgers trouve que vous avez un mauvais caractère ou une tendance à la goutte, ou une femme qui vit à Bayswater [1], certainement je ne le lui laisserai pas ignorer.

Lord Arthur sourit et hocha la tête.

— Je ne suis pas effrayé, répondit-il. Sybil me connaît aussi bien que je la connais.

---

1. Quartier avoisinant au nord Kensington Park, habité par les femmes entretenues par l'aristocratie de Londres *(note du traducteur)*.

— Ah ! je suis un peu contrariée de vous entendre dire cela. La meilleure assise du mariage, c'est un malentendu mutuel… non, je ne suis pas du tout cynique. J'ai seulement de l'expérience, ce qui, cependant, est très souvent la même chose… Mr Podgers, lord Arthur Savile meurt d'envie que vous lisiez dans sa main. Ne lui dites pas qu'il est fiancé à l'une des plus jolies filles de Londres : il y a un mois que le *Morning Post* en a publié la nouvelle.

— Chère lady Windermere, s'écria la marquise de Jedburgh, ayez l'obligeance de laisser monsieur Podgers s'arrêter ici une minute de plus. Il est en train de me dire que je monterai sur les planches et cela m'intéresse au plus au point.

— S'il vous a dit cela, lady Jedburgh, je ne vais pas hésiter à vous l'enlever. Venez immédiatement, monsieur Podgers, et lisez dans la main de lord Arthur.

— Bon ! dit lady Jedburgh faisant une petite moue, comme elle se levait du canapé, s'il ne m'est pas permis de monter sur les planches, il me sera au moins permis d'assister au spectacle, j'espère.

— Naturellement. Nous allons tous assister à la séance, répliqua lady Windermere. Et maintenant, monsieur Podgers, reprenez-nous et dites-nous quelque chose de joli, lord Arthur est un de mes plus chers favoris.

Mais quand Mr Podgers vit la main de lord Arthur, il devint étrangement pâle et ne souffla mot.

Un frisson sembla passer sur lui. Ses grands sourcils broussailleux furent saisis d'un tremblement convulsif du tic bizarre, irritant, qui le dominait quand il était embarrassé.

Alors, quelques grosses gouttes de sueur perlèrent sur son front jaune, comme une rosée empoisonnée, et ses doigts gras devinrent froids et visqueux.

Lord Arthur ne manqua pas de remarquer ces étranges signes d'agitation et, pour la première fois de sa vie, il éprouva de la peur. Son mouvement naturel fut de se sauver du salon, mais il se contint.

Il valait mieux connaître le pire, quel qu'il fût, que de demeurer dans cette affreuse incertitude.

— J'attends, monsieur Podgers, dit-il.

— Nous attendons tous, cria lady Windermere de son ton vif, impatient.

Mais le chiromancien ne répondit pas.

— Je crois qu'Arthur va monter sur les planches, dit lady Jedburgh, et qu'après votre sortie, monsieur Podgers a peur de le lui dire.

Soudain Mr Podgers laissa tomber la main droite de lord Arthur et empoigna fortement la gauche, se courbant si bas pour l'examiner que la monture d'or de ses lunettes sembla presque effleurer la paume.

Un moment, son visage devint un masque blanc d'horreur, mais il recouvra bientôt son *sang-froid*[1] et, regardant lady Windermere, lui dit avec un sourire forcé :

— C'est la main d'un charmant jeune homme.

— Certes oui, répondit lady Windermere, mais sera-t-il un mari charmant ? Voilà ce que j'ai besoin de savoir.

— Tous les jeunes gens charmants sont des maris charmants, reprit Mr Podgers.

— Je ne crois pas qu'un mari doive être trop séduisant, murmura lady Jedburgh, d'un air pensif. C'est si dangereux.

— Ma chère enfant, ils ne sont jamais trop séduisants, s'écria lady Windermere. Mais ce qu'il me faut ce sont des détails. Il n'y a que les détails qui intéressent. Que doit-il arriver à lord Arthur ?

— Eh bien ! Dans quelques jours lord Arthur doit faire un voyage.

1. En français dans le texte.

— Oui, sa lune de miel naturellement.

— Et il perdra un parent.

— Pas sa sœur, j'espère, dit lady Jedburgh d'un ton apitoyé.

— Certes non, pas sa sœur, répondit Mr Podgers avec un geste de dépréciation de la main, un simple parent éloigné.

— Bon ! je suis cruellement désappointée, fit lady Windermere. Je n'ai absolument rien à dire à Sybil demain. Qui se préoccupe aujourd'hui de parents éloignés ? Voilà des années que ce n'est plus la mode. Cependant, je suppose qu'elle fera bien d'acheter une robe de soie noire : cela sert toujours pour l'église, voyez-vous. Et maintenant, allons souper. On a sûrement tout mangé là-bas, mais nous pourrons encore trouver du bouillon chaud. François faisait autrefois du bouillon excellent, mais maintenant il est si agité par la politique que je ne suis jamais certaine de rien avec lui. Je voudrais bien que le général Boulanger se tînt tranquille… Duchesse, je suis sûre que vous êtes fatiguée !

— Pas du tout, ma chère Gladys, répondit la duchesse en marchant vers la porte, je me suis beaucoup amusée et le chiropodist, je veux dire le chiromancien, est très amusant. Flora, où peut être mon éventail d'écaille de tortue ?… Oh ! merci, sir Thomas, merci beaucoup !… Et mon châle de dentelle ?… Oh merci, sir Thomas, trop aimable vraiment !

Et la digne créature finit par descendre les escaliers sans avoir laissé plus de deux fois tomber son flacon d'odeur.

Tout ce temps-là, lord Arthur Savile était demeuré debout près de la cheminée avec le même sentiment de frayeur qui pesait sur lui, la même maladive préoccupation d'un avenir mauvais.

Il sourit tristement à sa sœur comme elle glissa près de lui au bras de lord Plymdale, fort jolie dans son brocard rose garni de perles, et il entendit à peine lady Windermere, quand elle l'invita à la suivre. Il pensa à Sybil Merton et l'idée que quelque chose pourrait se placer entre eux remplit ses yeux de larmes.

Quelqu'un qui l'aurait regardé eût dit que Némésis avait dérobé le bouclier de Pallas et lui avait montré la tête de la Gorgone. Il paraissait pétrifié et son visage avait l'aspect d'un marbre dans sa mélancolie.

Il avait vécu la vie délicate et luxueuse d'un jeune homme bien né et riche, une vie exquise affranchie de tous soucis avilissants, une vie d'une belle *insouciance*[1] d'enfant, et

1. En français dans le texte.

maintenant, pour la première fois, il eut conscience du terrible mystère de la destinée, de l'effrayante idée du sort.

Que tout cela lui semblait fou et monstrueux !

Se pouvait-il que ce qui était écrit dans sa main, en caractères qu'il ne pouvait lire mais qu'un autre pouvait déchiffrer, fût quelque terrible secret de faute, quelque sanglant signe de crime !

N'y avait-il nulle échappatoire ?

Ne sommes-nous que des pions d'échiquier que met en jeu une puissance invisible, que des vases que le potier modèle à sa guise pour l'honneur ou la honte ?

Sa raison se révolta contre cette pensée et pourtant il sentait que quelque tragédie était suspendue sur sa tête et qu'il avait été tout d'un coup appelé à porter un fardeau intolérable.

Les acteurs sont vraiment des gens heureux ; ils peuvent choisir de jouer soit la tragédie soit la comédie, de souffrir ou d'égayer, de faire rire ou de faire pleurer. Mais, dans la vie réelle, c'est bien différent.

Bien des hommes et bien des femmes sont contraints de jouer des rôles auxquels rien ne les destinait. Nos Guildensterns nous jouent

Hamlet et notre Hamlet doit plaisanter comme un prince Hal.

Le monde est un théâtre, mais la pièce est déplorablement distribuée.

Soudain Mr Podgers entra dans le salon.

À la vue de lord Arthur, il s'arrêta et sa grasse figure sans distinction devint d'une couleur jaune verdâtre. Les yeux des deux hommes se rencontrèrent et il y eut un moment de silence.

— La duchesse a laissé ici un de ses gants, lord Arthur, et elle m'a demandé de le lui rapporter, dit enfin Mr Podgers. Ah ! je le vois sur le canapé !... Bonsoir !

— Monsieur Podgers, il faut que j'insiste pour que vous me donniez une réponse immédiate à une question que je vais vous poser.

— À un autre moment, lord Arthur. La duchesse m'attend. Il faut que je la rejoigne.

— Vous n'irez pas. La duchesse n'est pas si pressée.

— Les dames n'ont pas l'habitude d'attendre, dit Mr Podgers avec un sourire maladif. Le beau sexe est toujours impatient.

Les lèvres fines, et comme ciselées, de lord Arthur se plissèrent d'un dédain hautain.

La pauvre duchesse lui semblait de si maigre importance en ce moment.

Il traversa le salon et vint à l'endroit où Mr Podgers était arrêté.

Il lui tendit sa main.

— Dites-moi ce que vous voyez là. Dites-moi la vérité. Je veux la connaître. Je ne suis pas un enfant.

Les yeux de Mr Podgers clignotèrent sous ses lunettes d'or. Il se porta d'un air gêné d'un pied sur l'autre, tandis que ses doigts jouaient nerveusement avec une chaîne de montre étincelante.

— Qu'est-ce qui vous fait penser que j'ai vu dans votre main, lord Arthur, quelque chose de plus que ce que je vous ai dit ?

— Je sais que vous avez vu quelque chose de plus et j'insiste pour que vous me disiez ce que c'est. Je vous donnerai un chèque de cent livres.

Les yeux verts étincelèrent une minute, puis redevinrent sombres.

— Cent guinées ! fit enfin Mr Podgers à voix basse.

— Oui, cent guinées. Je vous enverrai un chèque demain. Quel est votre club ?

— Je n'ai pas de club. C'est-à-dire je n'en ai pas en ce moment, mais mon adresse est… Permettez-moi de vous donner ma carte.

Et tirant de la poche de son veston un morceau de carton doré sur tranche, Mr Podgers le tendit avec un salut profond à lord Arthur qui lut :

MR SEPTIMUS R. PODGERS. CHIROMANCIEN *103 a West Moon street*

— Je reçois de 10 à 4, murmura Mr Podgers d'un ton mécanique, et je fais une réduction pour les familles.

— Dépêchez-vous ! cria lord Arthur devenant très pâle et lui tendant la main.

Mr Podgers regarda autour de lui d'un coup d'œil nerveux et fit retomber la lourde *portière*[1] sur la porte.

— Ceci prendra un peu de temps, lord Arthur. Vous feriez mieux de vous asseoir.

— Dépêchez, monsieur, cria de nouveau lord Arthur frappant du pied avec colère sur le parquet ciré.

Mr Podgers sourit, sortit de sa poche une petite loupe à verre grossissant et l'essuya soigneusement avec son mouchoir.

— Je suis tout à fait prêt, dit-il.

1. En français dans le texte.

II

Dix minutes plus tard, le visage blanc de terreur, les yeux affolés de chagrin, lord Arthur Savile se précipitait hors de Bentinck House.

Il se fit un chemin à travers la cohue des valets de pied, couverts de fourrures, qui stationnaient autour du grand pavillon à colonnades.

Il semblait ne voir ni n'entendre quoi que ce fût.

La nuit était très froide et les becs de gaz, autour du square, scintillaient et vacillaient sous les coups de fouet du vent, mais ses mains avaient une chaleur de fièvre et ses tempes brûlaient comme du feu.

Il allait et venait, presque avec la démarche d'un homme ivre.

Un agent de police le regarda, avec curiosité, comme il passait, et un mendiant, qui se détacha d'un pas de porte pour lui demander l'aumône, recula d'effroi en voyant un malheur plus grand que le sien.

Une fois, lord Arthur Savile s'arrêta sous un réverbère et regarda ses mains. Il crut voir la tache de sang qui les souillait et un faible cri jaillit de ses lèvres tremblantes.

Assassin ! voilà ce que le chiromancien y avait vu. Assassin ! La nuit même semblait le savoir et le vent désolé le cornait à ses oreilles. Les coins sombres des rues étaient pleins de cette accusation. Elle grimaçait à ses yeux aux toits des maisons.

Tout d'abord, il alla au parc, dont le bois sombre semblait le fasciner. Il s'appuya aux grilles d'un air las, refroidissant ses tempes à l'humidité du fer et écoutant le silence chuchoteur des arbres.

— Assassin ! Assassin ! répéta-t-il comme si la réitération de l'accusation pouvait obscurcir le sens du mot.

Le son de sa propre voix le fit frissonner et, pourtant, il souhaitait presque que l'écho l'entendît et réveillât de ses rêves la cité endormie. Il sentait un désir d'arrêter le passant de hasard et de tout lui dire.

Puis, il erra autour d'Oxford Street dans des ruelles étroites et honteuses.

Deux femmes aux faces peintes le raillèrent, comme il passait.

D'une cour sombre arriva à lui un bruit de jurons et de gifles, suivi de cris perçants et, pressés pêle-mêle sous une porte humide et glaciale, il vit les dos voûtés et les corps usés de la pauvreté et de la vieillesse.

Une étrange pitié s'empara de lui.

Ces enfants du péché et de la misère étaient-ils prédestinés à leur sort, comme lui au sien ? N'étaient-ils comme lui que les marionnettes d'un guignol monstrueux ?

Et, pourtant, ce ne fut pas le mystère, mais la comédie de la souffrance qui le frappa, son inutilité absolue, son grotesque manque de sens. Que tout lui parut incohérent, dépourvu d'harmonie ! Il était stupéfait de la discordance qu'il y avait entre l'optimisme superficiel de notre temps et les faits réels de l'existence.

Il était encore très jeune.

Quelque temps après, il se trouva en face de Marylebone Church.

La chaussée silencieuse semblait un long ruban d'argent pâli, moucheté ici et là par les arabesques sombres d'ombres mouvantes.

Tout là-bas s'arrondissait en cercle la ligne des becs de gaz vacillants et devant une petite maison entourée de murs stationnait un fiacre solitaire dont le cocher dormait sur le siège.

Lord Arthur marcha à pas rapide dans la direction de Portland Place, regardant à chaque instant autour de lui comme s'il craignait d'être suivi.

Au coin de Rich Street, deux hommes étaient arrêtés et lisaient une petite affiche sur une palissade.

Un étrange sentiment de curiosité agit sur lui et il traversa la rue dans cette direction.

Comme il approchait, le mot *assassin* en lettres noires lui heurta l'œil.

Il s'arrêta et un flux de rougeur lui monta aux joues.

C'était un avis officiel offrant une récompense à qui fournirait des renseignements propres à faciliter l'arrestation d'un homme de taille moyenne, entre trente et quarante ans, portant un chapeau mou à rebords relevés, une veste noire et des pantalons de toile de coton rayée. Cet homme avait une cicatrice sur la joue droite.

Lord Arthur lut l'affiche, puis il la relut encore.

Il se demanda si l'homme serait arrêté et comment il avait reçu cette écorchure.

Peut-être un jour son nom serait-il placardé de la sorte sur les murailles de Londres ? Un jour peut-être, on mettrait aussi sa tête à prix.

Cette pensée le rendit malade d'horreur.

Il tourna sur ses talons et s'enfuit dans la nuit.

Il savait à peine où il se trouvait.

Il avait un souvenir vague d'avoir erré à travers un labyrinthe de maisons sordides, de s'être perdu dans un gigantesque fouillis de rues sombres, et l'aurore commençait à poindre quand enfin il reconnut qu'il était dans Picadilly Circus.

Comme il suivait Belgrave Square, il rencontra les grandes voitures de roulage qui se rendaient à Covent Garden.

Les charretiers en blouse blanche, aux agréables figures bronzées par le soleil, aux incultes cheveux bouclés, allongeaient vigoureusement le pas, faisant claquer leur fouet en s'interpellant tantôt les uns tantôt les autres.

Sur le dos d'un énorme cheval gris, le chef de file d'un attelage, était huché un garçon joufflu, un bouquet de primevères à son chapeau rabattu, s'accrochant d'une poigne ferme à la crinière et riant aux éclats.

Dans la clarté matinale, les grands tas de légumes se détachaient comme des blocs de jade verts sur les pétales roses de quelque rose merveilleuse.

Lord Arthur éprouva un sentiment de curiosité vive, sans qu'il pût dire pourquoi.

Il y avait quelque chose dans la délicate joliesse de l'aube qui lui semblait d'une inexprimable émotion et il pensa à tous les jours qui naissent en beauté et se couchent en tempête.

Ces lourdauds, avec leurs voix rudes, leur grossière belle humeur, leur allure nonchalante, quel étrange Londres ils voyaient ! un Londres libéré des crimes de la nuit et de la fumée du jour, une cité pâle, fantômatique, une ville désolée de tombes.

Il se demanda ce qu'ils en pensaient et s'ils savaient quelque chose de ses splendeurs et de ses hontes, de ses joies fières et si belles de couleur, de son horrible faim, et de tout ce qui s'y brasse et s'y ruine du matin au soir.

Probablement, c'était seulement pour eux un débouché, un marché où ils portaient leurs produits pour les vendre et où ils ne séjournaient au plus que quelques heures, laissant à leur départ les rues toujours silencieuses, les maisons toujours endormies.

Il eut du plaisir à les voir passer.

Si rustres qu'ils fussent, avec leurs gros souliers à clous, leur démarche de lourdauds, ils portaient en eux quelque chose de l'Arcadie.

Lord Arthur sentit qu'ils avaient vécu avec la Nature et qu'elle leur avait enseigné la Paix. Il leur envia tout ce qu'ils avaient d'ignorance.

Quand il atteignit Belgrave Square, le ciel était d'un bleu évanescent et les oiseaux commençaient à gazouiller dans les jardins.

III

Quand lord Arthur s'éveilla, il était midi et le soleil de la méridienne se tamisait à travers les rideaux de soie ivoirine de sa chambre.

Il se leva et regarda par la fenêtre.

Un vague brouillard de chaleur était suspendu sur la grande ville et les toits des maisons ressemblaient à de l'argent terni.

Dans les verts tremblotants du square audessous, quelques enfants se poursuivaient comme des papillons blancs, et les trottoirs étaient encombrés de gens qui se rendaient au parc.

Jamais la vie ne lui avait semblé si belle. Jamais le mal et son domaine ne lui avaient semblé si loin de lui.

Alors son valet de chambre lui apporta une tasse de chocolat sur un plateau.

Quand il l'eut bue, il écarta une lourde *portière*[1] de peluche couleur pêche, et passa dans la salle de bains.

La lumière glissait doucement d'en haut à travers de minces plaques d'onyx transparent et l'eau, dans la cuvette de marbre, avait le faible éclat de la pierre de lune.

Lord Arthur s'y plongea à la hâte jusqu'à ce que les froids bouillons touchent sa gorge et ses cheveux. Alors il enfonça brusquement sa tête sous l'eau, comme s'il voulait se purifier de la souillure de quelque honteux souvenir.

Quand il sortit de l'eau, il se sentit presque apaisé. Le bien-être physique, qu'il avait ressenti, l'avait dominé, comme il arrive souvent pour les natures supérieurement façonnées, car les sens, comme le feu, peuvent purifier aussi bien que détruire.

Après déjeuner, il s'allongea sur un divan et alluma une cigarette.

Sur le dessus de cheminée, garni d'un vieux brocard très fin, il y avait une grande photographie de Sybil Merton, telle qu'il l'avait vue, la première fois, au bal de lady Noël.

---

1. En français dans le texte.

La tête petite, d'un délicieux modèle, s'inclinait légèrement de côté, comme si la gorge mince et frêle, le col de roseau avaient peine à supporter le poids de tant de beauté. Les lèvres étaient légèrement entr'ouvertes et semblaient faites pour une douce musique et, dans ses yeux rêveurs, on lisait les étonnements de la plus tendre pureté virginale.

Moulée dans son costume de *crêpe de chine*[1] moelleux, un grand éventail de feuillage à la main, on eût dit une de ces délicates petites figurines qu'on a trouvées dans les bois d'oliviers qui avoisinent Tanagra, et il y avait dans sa pose et dans son attitude quelques traits de la grâce grecque.

Pourtant, elle n'était pas *petite*[2].

Elle était simplement parfaitement proportionnée, chose rare à un âge où tant de femmes sont ou plus grandes que nature ou insignifiantes.

En la contemplant en ce moment, lord Arthur fut rempli de cette terrible pitié qui naît de l'amour. Il sentit que l'épouser, avec le *fatum* du meurtre suspendu sur sa tête, serait une trahison pareille à celle de Judas, un

1. En français dans le texte.
2. En français dans le texte.

crime pire que tous ceux qu'ont jamais rêvés les Borgia.

Quel bonheur y aurait-il pour eux, quand à tout moment il pourrait être appelé à accomplir l'épouvantable prophétie écrite dans sa main ? Quelle vie mènerait-il aussi longtemps que le destin tiendrait cette terrible fortune dans ses balances ?

À tout prix, il fallait retarder le mariage. Il y était tout à fait résolu.

Bien qu'il aimât ardemment cette jeune fille, bien que le seul contact de ses doigts quand ils étaient assis l'un près de l'autre fît tressaillir tous les nerfs de son corps d'une joie exquise, il n'en reconnut pas moins clairement où était son devoir et eut pleine conscience de ce fait qu'il n'avait pas le droit de l'épouser jusqu'à ce qu'il eût commis le meurtre.

Cela fait, il pourrait se présenter devant les autels avec Sybil Merton et remettre sa vie aux mains de la femme qu'il aimait, sans crainte de mal agir.

Cela fait, il pourrait la prendre dans ses bras, sachant qu'elle n'aurait jamais à courber sa tête sous la honte.

Mais avant, il fallait *faire cela* et le plus tôt serait le mieux pour tous deux.

Bien des gens dans sa situation auraient préféré le sentier fleuri du plaisir aux montées escarpées du devoir ; mais lord Arthur était trop consciencieux pour placer le plaisir au-dessus des principes.

Dans son amour, il n'y avait plus qu'une simple passion et Sybil était pour lui le symbole de tout ce qu'il y a de bon et de noble.

Un moment, il éprouva une répugnance naturelle contre l'œuvre qu'il était appelé à accomplir, mais bientôt cette impression s'effaça. Son cœur lui dit que ce n'était pas là un crime, mais un sacrifice : sa raison lui rappela que nulle autre issue ne lui était ouverte. Il fallait qu'il choisisse entre vivre pour lui et vivre pour les autres et, si terrible, sans nul doute, que fût la tâche qui s'imposait à lui, pourtant il savait qu'il ne devait pas laisser l'égoïsme triompher de l'amour ; tôt ou tard, chacun de nous est appelé à résoudre ce même problème : la même question est posée à chacun de nous.

Pour lord Arthur, elle se posa de bonne heure dans la vie, avant que son caractère ait été entamé par le cynisme, qui calcule, de l'âge mûr, ou que son cœur fût corrodé par l'égoïsme superficiel et élégant de notre époque, et il n'hésita pas à faire son devoir.

Heureusement pour lui aussi, il n'était pas un simple rêveur, un dilettante oisif. S'il eût été tel, il eût hésité comme Hamlet et permis que l'irrésolution ruinât son dessein. Mais il était essentiellement pratique. Pour lui, la vie c'était l'action, plutôt que la pensée.

Il possédait ce don rare entre tous, le sens commun.

Les sensations cruelles et violentes de la soirée de la veille s'étaient maintenant tout à fait effacées et c'était presque avec un sentiment de honte qu'il songeait à sa marche folle, de rue en rue, à sa terrible agonie émotionnelle.

La sincérité même de ses souffrances les faisait maintenant passer à ses yeux pour inexistantes.

Il se demandait comment il avait pu être assez fou pour déclamer et extravaguer contre l'inévitable.

La seule question, qui paraissait le troubler, était comment il viendrait à bout de sa tâche, car il n'avait pas les yeux fermés à ce fait que le meurtre, comme les religions du monde païen, exige une victime, aussi bien qu'un prêtre.

N'étant pas un génie, il n'avait pas d'ennemis, et, d'ailleurs, il sentait que ce n'était pas le lieu de satisfaire quelque rancune ou quelque haine personnelles ; la mission dont il était chargé était d'une grande et grave solennité.

En conséquence, il dressa une liste de ses amis et de ses parents sur un feuillet de bloc-notes et, après un soigneux examen, se décida en faveur de lady Clementina Beauchamp, une chère vieille dame qui habitait Curzon Street et était sa propre cousine au second degré du côté de sa mère.

Il avait toujours aimé lady Clem, comme tout le monde l'appelait, et comme il était riche lui-même, ayant pris possession de toute la fortune de lord Rugby, lors de sa majorité, il n'était pas possible qu'il résultât pour lui de sa mort quelque méprisable avantage d'argent.

En réalité, plus il pensait à la question, plus lady Clem lui paraissait la personne qu'il convenait de choisir, et songeant que tout délai était une mauvaise action à l'égard de Sybil, il se résolut à s'occuper tout de suite de ses préparatifs.

La première chose à faire, certes, c'était de régler le chiromancien.

Il s'assit donc devant un petit bureau de Sheraton, qui était devant la fenêtre, et remplit un chèque de 100 livres payable à l'ordre de Mr Septimus Podgers. Puis, le mettant dans une enveloppe, il dit à son domestique de le porter à West Moon Street.

Il téléphona ensuite à ses écuries d'atteler son coupé et s'habilla pour sortir.

Comme il quittait sa chambre, il jeta un regard à la photographie de Sybil Merton et jura que, quoi qu'il arrivât, il lui laisserait toujours ignorer ce qu'il faisait pour l'amour d'elle et qu'il garderait le secret de son sacrifice à jamais enseveli dans son cœur.

Dans sa route pour Buckingham Club, il s'arrêta chez une fleuriste et envoya à Sybil une belle corbeille de narcisses aux jolies pétales blancs et aux pistils ressemblant à des yeux de faisan.

En arrivant au club, il se rendit tout droit à la bibliothèque, sonna la clochette et demanda au garçon de lui apporter un soda citron et un livre de toxicologie.

Il avait définitivement arrêté que le poison était le meilleur instrument à adopter pour son ennuyeuse besogne.

Rien ne lui déplaisait autant qu'un acte de violence personnelle et, en outre, il était très soucieux de ne tuer lady Clementina par aucun moyen qui pût attirer l'attention publique, car il avait en horreur l'idée de devenir lion du jour chez lady Windermere ou de voir son nom figurer dans les entrefilets des journaux que lisent les gens du commun.

Il avait aussi à tenir compte du père et de la mère de Sybil qui appartenaient à un monde un peu démodé et pourraient s'opposer au mariage s'il se produisait quelque chose d'analogue à un scandale, bien qu'il fût assuré que s'il leur faisait connaître tous les faits de la cause, ils seraient les premiers à apprécier les motifs qui lui dictaient sa conduite.

Il avait donc toute raison pour se décider en faveur du poison. Il était sans danger, sûr, sans bruit. Il agissait sans nul besoin de scènes pénibles pour lesquelles, comme beaucoup d'Anglais, il avait une aversion enracinée.

Cependant, il ne connaissait absolument rien de la science des poisons et, comme le valet de pied semblait tout à fait incapable de trouver dans la bibliothèque autre chose que le *Ruff's Guide* et le *Baily's Magazine*, il examina lui-même les rayons chargés de livres et finit par mettre la main sur une édition très bien reliée de la *Pharmacopée* et un exemplaire de la *Toxicologie* d'Erskine, édité par Mathew Reid, président du Collège royal des médecins et l'un des plus anciens membres du Buckingham Club, où il fut jadis élu par confusion avec un autre candidat, contretemps qui avait si fort mécontenté le comité que lorsque le personnage réel se présenta, il le blackboula à l'unanimité.

Lord Arthur fut très fort déconcerté par les termes techniques employés par les deux livres.

Il se prenait à regretter de n'avoir pas accordé plus d'attention à ses études à Oxford, quand, dans le second volume d'Erskine, il trouva un exposé très intéressant et très complet des propriétés de l'aconit, écrit dans l'anglais le plus clair.

Il lui parut que c'était tout à fait là le poison qu'il lui fallait.

Il était prompt, c'est-à-dire presque immédiat dans ses effets.

Il ne causait pas de douleurs et pris sous la forme d'une capsule de gélatine, mode d'emploi recommandé par sir Mathew, il n'avait rien de désagréable au goût.

En conséquence, il prit note sur son poignet de chemise de la dose nécessaire pour amener la mort, remit les livres en place et remonta Saint-James Street jusque chez Pestle et Humbey, les grands pharmaciens.

Mr Pestle, qui servait toujours en personne ses clients de l'aristocratie, fut fort surpris de la commande et, d'un ton très déférent, murmura quelque chose sur la nécessité d'une ordonnance du médecin. Cependant, aussitôt que lord Arthur lui eut expliqué que c'était pour l'administrer à un grand chien de Norvège dont il était obligé de se défaire parce qu'il montrait des symptômes de rage et qu'il avait deux fois tenté de mordre son cocher au gras de la jambe, il parut pleinement satisfait, félicita lord Arthur de son étonnante connaissance de la toxicologie et exécuta immédiatement la prescription.

Lord Arthur mit la capsule dans une jolie *bonbonnière*[1] d'argent qu'il vit à une vitrine de boutique de Bond Street, jeta la vilaine boîte de Pestle et Humbey et alla droit chez lady Clementina.

— Eh bien ! *monsieur le mauvais sujet*[2], lui cria la vieille dame comme il entrait dans son salon, pourquoi n'êtes-vous pas venu me voir tous ces temps-ci ?

— Ma chère lady Clem, je n'ai jamais un moment à moi, répliqua lord Arthur avec un sourire.

— Je suppose que vous voulez dire que vous passez toutes vos journées avec

1. En français dans le texte.
2. En français dans le texte.

miss Sybil Merton à acheter des *chiffons*[1] et à dire des bêtises. Je ne puis comprendre pourquoi les gens font tant d'embarras pour se marier. De mon temps, nous n'aurions jamais rêvé de tant nous afficher et de tant parader, en public et en particulier, pour une chose de ce genre.

— Je vous assure que je n'ai pas vu Sybil depuis vingt-quatre heures, lady Clem. Autant que je sache, elle appartient entièrement à ses couturières.

— Parbleu ! Et c'est là la seule raison qui vous amène chez une vieille femme laide comme moi. Je m'étonne que vous autres hommes vous ne sachiez pas prendre congé. *On a fait des folies pour moi*[2] et me voici pauvre créature rhumatisante avec un faux chignon et une mauvaise santé ! Eh bien ! si ce n'était cette chère lady Jansen qui m'envoie les pires romans français qu'elle peut trouver, je ne sais plus ce que je pourrais faire de mes journées. Les médecins ne servent guère qu'à tirer des honoraires de leurs clients. Ils ne peuvent même pas guérir ma maladie d'estomac.

1. En français dans le texte.
2. En français dans le texte.

— Je vous ai apporté un remède pour elle, lady Clem, fit gravement lord Arthur. C'est une chose merveilleuse inventée par un Américain.

— Je ne crois pas que j'aime les inventions américaines. Je suis même certaine de ne pas les aimer. J'ai lu dernièrement quelques romans américains et c'étaient de vraies insanités.

— Oh ! ici il n'y a pas du tout d'insanité, lady Clem. Je vous assure que c'est un remède radical. Il faut me promettre de l'essayer.

Et lord Arthur tira de sa poche la petite bonbonnière et la tendit à lady Clementina.

— Mais cette bonbonnière est délicieuse, Arthur. C'est un vrai cadeau. Voilà qui est vraiment gentil de votre part… Et voici le remède merveilleux… Cela a tout l'air d'un bonbon. Je vais le prendre immédiatement.

— Dieu du ciel, lady Clem ! se récria lord Arthur s'emparant de sa main, il ne faut rien faire de semblable. C'est de la médecine homéopathique. Si vous la prenez sans avoir mal à l'estomac, cela ne vous fera aucun bien. Attendez d'avoir une crise et alors ayez-y recours. Vous serez surprise du résultat.

— J'aurais aimé prendre cela tout de suite, dit lady Clementina en regardant à la lumière la petite capsule transparente avec sa bulle flottante d'aconitine liquide. Je suis sûre que c'est délicieux. Je vous l'avoue, tout en détestant les docteurs, j'adore les médecines. Cependant, je la garderai jusqu'à ma prochaine crise.

— Et quand surviendra cette crise ? demanda lord Arthur avec empressement, sera-ce bientôt ?

— Pas avant une semaine, j'espère. J'ai passé hier une fort mauvaise journée, mais on ne sait jamais.

— Vous êtes sûre alors d'avoir une crise avant la fin du mois, lady Clem ?

— Je le crains. Mais comme vous me montrez de la sympathie aujourd'hui, Arthur ! Vraiment l'influence de Sybil sur vous vous fait beaucoup de bien. Et maintenant il faut vous sauver. Je dîne avec des gens ternes, des gens qui n'ont pas des conversations folichonnes et je sens que si je ne fais pas une sieste tout à l'heure, je ne serais jamais capable de me tenir éveillée pendant le dîner. Adieu, Arthur. Dites à Sybil mon affection et grand merci à vous pour votre remède américain.

— Vous n'oublierez pas de le prendre, lady Clem, n'est-ce pas ? dit lord Arthur en se dressant de sa chaise.

— Bien sûr, je n'oublierai pas, petit nigaud. Je trouve que c'est fort gentil à vous de songer à moi. Je vous écrirai et je vous dirai s'il me faut d'autres globules.

Lord Arthur quitta la maison de lady Clementina, plein d'entrain, et avec un sentiment de grand réconfort.

Le soir, il eut un entretien avec Sybil Merton. Il lui dit qu'il se trouvait soudainement dans une position horriblement difficile où ni l'honneur ni le devoir ne lui permettaient de reculer. Il lui dit qu'il fallait reculer le mariage, car jusqu'à ce qu'il fût sorti de ses embarras, il n'avait pas sa liberté.

Il la supplia d'avoir confiance en lui et de ne pas douter de l'avenir. Tout irait bien, mais la patience était nécessaire.

La scène avait lieu dans la serre de la maison de Mr Merton à Park Lane où lord Arthur avait dîné comme d'habitude.

Sybil n'avait jamais paru plus heureuse, et, un moment, lord Arthur avait été tenté de se conduire comme un lâche, d'écrire à lady Clementina au sujet du globule et de laisser le mariage s'accomplir, comme s'il n'y avait pas dans le monde un Mr Podgers.

Cependant, son bon naturel s'affirma bien vite, et, même quand Sybil tomba en pleurant dans ses bras, il ne faiblit pas.

La beauté, qui faisait vibrer ses nerfs, avait aussi touché sa conscience. Il sentit que faire naufrager une si belle vie pour quelques mois de plaisir serait vraiment une vilaine chose.

Il demeura avec Sybil jusque vers minuit, la réconfortant et en étant à son tour réconforté et, le lendemain de bonne heure, il partit pour Venise après avoir écrit à Mr Merton une lettre virile et ferme au sujet de l'ajournement nécessaire du mariage.

IV

À Venise, il rencontra son frère lord Surbiton qui venait d'arriver de Corfou dans son yacht.

Les deux jeunes gens passèrent ensemble une charmante quinzaine.

Le matin, ils erraient sur le Lido, ou glissaient çà et là par les canaux verts dans leur longue gondole noire. L'après-midi, ils recevaient d'habitude des visites sur le yacht et, le soir, ils dînaient chez Florian et fumaient d'innombrables cigarettes sur la Piazza.

Pourtant d'une façon ou de l'autre, lord Arthur n'était pas heureux.

Chaque jour, il étudiait dans le *Times* la « colonne des décès », s'attendant à y voir la nouvelle de la mort de lady Clementina, mais tous les jours il avait une déception.

Il se prit à craindre que quelque accident ne lui fût arrivé et regretta maintes fois de l'avoir empêchée de prendre l'aconitine quand elle avait été si désireuse d'en expérimenter les effets.

Les lettres de Sybil, bien que pleines d'amour, de confiance et de tendresse, étaient souvent d'un ton très triste et, parfois, il pensait qu'il était séparé d'elle à jamais.

Après une quinzaine de jours, lord Surbiton fut las de Venise et se résolut de courir le long de la côte jusqu'à Ravenne parce qu'il avait entendu dire qu'il y a de grandes chasses dans le Pinetum.

Lord Arthur, d'abord, refusa absolument de l'y suivre, mais Surbiton, qu'il aimait beaucoup, lui persuada enfin que, s'il continuait à résider à l'hôtel Danielli, il mourrait d'ennui ; et, le quinzième jour au matin, ils mirent à la voile par un fort vent du nord-est et une mer un peu agitée.

La traversée fut agréable.

La vie à l'air libre ramena les fraîches couleurs sur les joues de lord Arthur, mais après le vingt-deuxième jour il fut ressaisi de ses préoccupations au sujet de lady Clementina et, en dépit des remontrances de Surbiton, il prit le train pour Venise.

Quand il débarqua de sa gondole sur les degrés de l'hôtel, le propriétaire vint au-devant de lui avec un amoncellement de télégrammes.

Lord Arthur les lui arracha des mains et les ouvrit en les décachetant d'un geste brusque.

Tout avait réussi.

Lady Clementina était morte subitement dans la nuit cinq jours avant.

La première pensée de lord Arthur fut pour Sybil et il lui envoya un télégramme pour lui annoncer son retour immédiat pour Londres.

Ensuite, il ordonna à son valet de chambre de préparer ses bagages pour le rapide du soir, quintupla le paiement de ses gondoliers et monta l'escalier de sa chambre d'un pas léger et d'un cœur raffermi.

Trois lettres l'y attendaient.

L'une était de Sybil, pleine de sympathie et de condoléances ; les autres de la mère d'Arthur et de l'avoué de lady Clementina.

La vieille dame, paraît-il, avait dîné avec la duchesse, le soir qui avait précédé sa mort. Elle avait charmé tout le monde par son humour et son *esprit*[1], mais elle s'était retirée d'un peu bonne heure, en se plaignant de souffrir de l'estomac.

---

1. En français dans le texte.

Au matin, on l'avait trouvée morte dans son lit, sans qu'elle parût avoir aucunement souffert.

Sir Mathew Reid avait été appelé alors, mais il n'y avait plus rien à faire et, dans les délais légaux on l'avait enterrée à Beauchamp Chalcote.

Peu de jours avant sa mort, elle avait fait son testament. Elle laissait à lord Arthur sa petite maison de Curzon Street, tout son mobilier, ses effets personnels, sa galerie de peintures à l'exception de sa collection de miniatures qu'elle donnait à sa sœur, lady Margaret Rufford, et son bracelet d'améthystes qu'elle léguait à Sybil Merton.

L'immeuble n'avait pas beaucoup de valeur ; mais Mr Mansfield, l'avoué, était très désireux que lord Arthur revînt, le plus tôt qu'il lui serait possible, parce qu'il y avait beaucoup de dettes à payer et que lady Clementina n'avait jamais tenu ses comptes en règle.

Lord Arthur fut très touché du bon souvenir de lady Clementina et pensa que Mr Podgers avait vraiment assumé une lourde responsabilité dans cette affaire.

Son amour pour Sybil, cependant, dominait toute autre émotion et la conscience qu'il avait fait son devoir lui donnait paix et réconfort.

En arrivant à Charing Cross, il se sentit tout à fait heureux.

Les Merton le reçurent très affectueusement, Sibyl lui fit promettre qu'il ne supporterait pas qu'aucun obstacle s'interposât entre eux, et le mariage fut fixé au 7 juin.

La vie lui paraissait encore une fois belle et brillante et toute son ancienne joie renaissait pour lui.

Un jour, cependant, il inventoriait sa maison de Curzon Street avec l'avoué de lady Clementina et Sybil, brûlant des paquets de lettres jaunies et vidant des tiroirs de bizarres vieilleries, quand la jeune fille poussa soudain un petit cri de joie.

— Qu'avez-vous trouvé, Sybil ? dit lord Arthur levant la tête de son travail et souriant.

— Cette jolie petite *bonbonnière*[1] d'argent. Est-ce gentil et hollandais ? Me la donnez-vous ? Les améthystes ne me siéront pas, je le crois, jusqu'à ce que j'aie quatre-vingts ans.

C'était la boîte qui avait contenu l'aconitine.

---

1. En français dans le texte.

Lord Arthur tressaillit et une rougeur subite monta à ses joues.

Il avait presque oublié ce qu'il avait fait et ce lui sembla une curieuse coïncidence que Sybil, pour l'amour de qui il avait traversé toutes ces angoisses, fût la première à les lui rappeler.

— Bien entendu, Sybil, ceci est à vous. C'est moi-même qui l'ai donnée à la pauvre lady Clem.

— Oh, merci, Arthur. Et aurais-je aussi le *bonbon*[1] ? Je ne savais pas que lady Clementina aimât les douceurs : je la croyais beaucoup trop intellectuelle.

Lord Arthur devint terriblement pâle et une horrible idée lui traversa l'esprit.

— Un *bonbon*, Sybil ! Que voulez-vous dire ? demanda-t-il d'une voix basse et rauque.

— Il y en a un là-dedans, un seul. Il paraît vieux et sale et je n'ai pas la moindre envie de le croquer… Qu'y a-t-il, Arthur ? Comme vous pâlissez !

Lord Arthur bondit à travers le salon et saisit la bonbonnière.

La pilule couleur d'ambre y était avec son globule de poison.

1. En français dans le texte.

Malgré tout, lady Clementina était morte de sa mort naturelle.

La secousse de cette découverte fut presque au-dessus des forces de lord Arthur.

Il jeta la pilule dans le feu et s'écroula sur le canapé avec un cri de désespoir.

V

Mr Merton fut très navré du second ajournement du mariage et lady Julia, qui avait déjà commandé sa robe de noce, fit tout ce qu'elle put pour amener Sybil à une rupture.

Si tendrement cependant que Sybil aimât sa mère, elle avait fait don de toute sa vie en accordant sa main à lord Arthur et rien de ce que put lui dire lady Julia ne la fit chanceler dans sa foi.

Quant à lord Arthur, il lui fallut bien des jours pour se remettre de sa cruelle déception et, quelque temps, ses nerfs furent complètement détraqués.

Pourtant, son excellent bon sens se ressaisit bientôt et son esprit sain et pratique ne lui permit pas d'hésiter longtemps sur la conduite à tenir.

Puisque le poison avait fait une faillite si complète, la chose qu'il convenait d'employer était la dynamite ou tout autre genre d'explosifs.

En conséquence, il examina à nouveau la liste de ses amis et de ses parents et, après de sérieuses réflexions, il résolut de faire sauter son oncle, le doyen de Chichester.

Le doyen, qui était un homme de beaucoup de culture et de savoir, raffolait des horloges. Il avait une merveilleuse collection d'appareils à mesurer le temps qui s'étendait depuis le XVe siècle jusqu'à nos jours. Il parut à lord Arthur que ce dada du bon doyen lui fournissait une excellente occasion de mener à bien ses plans.

Mais se procurer une machine explosive était naturellement un tout autre problème.

Le *London Directory*[1] ne lui donnait aucun renseignement à ce sujet et il pensa qu'il lui serait de peu d'utilité d'aller aux informations à Scotland Yard[2]. Là on n'est jamais informé des faits et gestes du parti de la dynamite qu'après qu'une explosion a eu lieu, et encore n'en sait-on jamais bien long là-dessus.

---

1. L'équivalent de notre Bottin pour le commerce anglais *(Note du traducteur)*.
2. La préfecture de police *(Note du traducteur)*.

Soudain il pensa à son ami Rouvaloff, jeune Russe de tendances très révolutionnaires, qu'il avait rencontré, l'hiver précédent, chez lady Windermere.

Le comte Rouvaloff passait pour écrire une vie de Pierre le Grand. Il était venu en Angleterre sous prétexte d'y étudier les documents relatifs au séjour du tzar dans ce pays en qualité de charpentier de marine ; mais généralement on le soupçonnait d'être un agent nihiliste et il n'y avait nul doute que l'ambassade russe ne voyait pas d'un bon œil sa présence à Londres.

Lord Arthur pensa que c'était là tout à fait l'homme qui convenait à ses desseins, et un matin, il poussa jusqu'à son logement à Bloomsbury pour lui demander son avis et son concours.

— Voilà donc que vous songez à vous occuper sérieusement de politique, dit le comte Rouvaloff, quand lord Arthur lui eut exposé l'objet de sa démarche.

Mais lord Arthur qui haïssait les fanfaronnades, de quelque genre que ce fût, se crut obligé de lui expliquer que les questions sociales n'avaient pas le moindre intérêt pour lui et qu'il avait besoin d'un exploseur dans une affaire purement familiale et qui ne concernait que lui-même.

Le comte Rouvaloff le considéra quelques instants avec surprise.

Puis, voyant qu'il était tout à fait sérieux, il écrivit une adresse sur un morceau de papier, signa de ses initiales et le tendit à lord Arthur à travers la table.

— Scotland Yard donnerait gros pour connaître cette adresse, mon cher ami.

— Ils ne l'auront pas, s'écria lord Arthur en éclatant de rire.

Et, après avoir chaleureusement secoué la main du jeune Russe, il se précipita en bas de l'escalier, regarda le papier et dit à son cocher de le conduire à Soho Square.

Là il le congédia et suivit Greek Street jusqu'à ce qu'il arrivât à une place que l'on appelle Bayle's Court. Il passa sous le viaduc et se trouva dans un curieux *cul-de-sac* [1] qui paraissait occupé par une buanderie française. D'une maison à l'autre, tout un réseau de cordes s'allongeait, chargé de linge et, dans l'air du matin, il y avait une ondulation de toiles blanches.

Lord Arthur alla droit au bout de ce séchoir et frappa à une petite maison verte.

---

1. En français dans le texte.

Après quelque attente, durant laquelle toutes les fenêtres de la cour se peuplèrent de têtes qui paraissaient et disparaissaient, la porte fut ouverte par un étranger, d'allure assez rude, qui lui demanda en très mauvais anglais ce qu'il désirait.

Lord Arthur lui tendit le papier que lui avait donné le comte Rouvaloff.

Sitôt qu'il le vit, l'homme s'inclina et engagea lord Arthur à pénétrer dans une très petite salle au rez-de-chaussée, en façade.

Peu d'instants après, Herr Winckelkopf, comme on l'appelait en Angleterre, fit en hâte son entrée dans la salle, une serviette souillée de taches de vin à son cou et une fourchette à la main gauche.

— Le comte Rouvaloff, dit lord Arthur en s'inclinant, m'a donné une introduction près de vous et je suis très désireux d'avoir avec vous un court entretien pour une question d'affaires. Je m'appelle Smith… Robert Smith, et j'ai besoin que vous me fournissiez une horloge explosive.

— Enchanté de vous recevoir, lord Arthur, répliqua le malicieux petit Allemand en éclatant de rire. Ne me regardez donc pas d'un air si alarmé. C'est mon devoir de connaître tout le monde et je me souviens de vous avoir vu un soir chez lady Windermere. J'espère que sa Grâce est bien portante. Voulez-vous venir vous asseoir à côté de moi, tandis que je finis de déjeuner ? J'ai un excellent *pâté*[1] et mes amis sont assez bons pour dire que mon vin du Rhin est meilleur qu'aucun de ceux qu'on peut boire à l'ambassade d'Allemagne.

Et, avant que lord Arthur fût revenu de sa surprise d'avoir été reconnu, il se trouvait assis dans l'arrière-salle, buvait à petits traits le plus délicieux Marcobrünner dans une coupe jaune pâle marquée aux monogrammes impériaux et bavardait de la façon la plus amicale qu'il fût possible avec le fameux conspirateur.

— Des horloges à exploseur, dit Herr Winckelkopf, ne sont pas de très bons articles pour l'exportation à l'étranger, même lorsque l'on réussit à les faire passer à la douane. Le service des trains est si irrégulier que, d'ordinaire, elles explosent avant d'être arrivées à destination. Si, cependant, vous avez besoin de quelqu'un de ces engins pour un usage intérieur, je puis vous fournir un excellent article et vous garantir

1. En français dans le texte.

que vous serez satisfait du résultat. Puis-je vous demander à quel usage vous le destinez. Si c'est pour la police ou pour quelqu'un qui touche en quoi que ce soit à Scotland Yard, j'en suis désolé, mais je ne puis rien faire pour vous. Les détectives anglais sont vraiment nos meilleurs amis. J'ai toujours constaté qu'en tenant compte de leur stupidité nous pouvons faire absolument tout ce que nous voulons ; je ne voudrais toucher à un cheveu de la tête d'aucun d'eux.

— Je vous assure, repartit lord Arthur, que cela n'a rien à faire avec la police. En réalité, le mouvement d'horlogerie est destiné au doyen de Chichester.

— Eh là ! Eh là ! Je n'avais nulle idée que vous soyez si prononcé en matière de religion, lord Arthur. Les jeunes gens d'aujourd'hui ne s'échauffent guère là-dessus.

— Je crois que vous me prisez trop, Herr Winckelkopf, dit lord Arthur en rougissant. Le fait est que je suis absolument ignorant en théologie.

— Alors c'est une affaire tout à fait personnelle.

— Tout à fait.

Herr Winckelkopf haussa les épaules et quitta la salle.

Quatre minutes après, il reparut avec un gâteau rond de dynamite de la dimension d'un penny et une jolie petite horloge française surmontée d'une figurine de la Liberté piétinant l'hydre du Despotisme.

Le visage de lord Arthur s'éclaira à cette vue.

— Voilà tout à fait ce qu'il me faut. Maintenant apprenez-moi comment elle explose.

— Ah ! ceci est mon secret, répondit Herr Winckelkopf, contemplant son invention avec un juste regard d'orgueil. Dites-moi seulement quand vous désirez qu'elle explose et je réglerai le mécanisme pour l'heure indiquée.

— Bon ! aujourd'hui c'est mardi, et si vous pouvez me l'expédier tout de suite…

— C'est impossible. J'ai un tas de travaux, une besogne très importante pour certains amis de Moscou.

— Oh ! il sera encore temps si elle est remise demain soir ou jeudi matin. Quant au moment de l'explosion, fixons-la à vendredi à midi. À cette heure-là, le doyen est toujours à la maison.

— Vendredi à midi, répéta Herr Winckelopf.

Et il prit une note à ce sujet sur un grand registre ouvert sur un bureau près de la cheminée.

— Et maintenant, dit lord Arthur, se levant de sa chaise, veuillez me faire savoir de combien je vous suis redevable.

— C'est une si petite affaire, lord Arthur, que je vais vous compter cela au plus juste. La dynamite coûte sept shillings six pences, le mouvement d'horlogerie trois livres dix shillings et le port environ cinq shillings. Je suis trop heureux d'obliger un ami du comte Rouvaloff.

— Mais votre dérangement, Herr Winckelkopf ?

— Oh ! ce n'est rien. C'est un plaisir pour moi. Je ne travaille pas pour l'argent : je vis entièrement pour mon art.

Lord Arthur déposa quatre livres deux shillings six pences sur la table, remercia le petit Allemand de son amabilité et, déclinant de son mieux une invitation à rencontrer quelques anarchistes à un thé à la fourchette le samedi suivant, il quitta la maison de Herr Winckelkopf et se rendit au parc.

Pendant les deux jours qui suivirent, lord Arthur fut dans un état de très grande agitation nerveuse. Le vendredi à midi, il se rendit au Buckingham Club pour y attendre les nouvelles.

Tout l'après-midi, le stupide laquais de service à la porte monta des télégrammes de tous les coins du pays, donnant le résultat des courses de chevaux, des jugements dans des affaires de divorce, l'état de la température et d'autres informations semblables, tandis que le ruban dévidait les détails les plus fastidieux sur la séance de nuit de la Chambre des communes et une petite panique au Stock Exchange[1].

À quatre heures arrivèrent les journaux du soir et lord Arthur disparut dans le salon de lecture avec la *Pall Mall Gazette*, la *James's Gazette*, le *Globe* et l'*Écho*, à la grande indignation du colonel Goodchild, qui désirait lire le compte-rendu d'un discours prononcé par lui, le matin, à l'hôtel du lord-maire, au sujet des missions sud-africaines et de la convenance d'avoir, dans chaque province, des évêques nègres.

Or le colonel, pour une raison ou une autre, avait un préjugé très vif contre les *Evenings News*.

1. La Bourse de Londres.

Aucun des journaux, cependant, ne contenait la moindre allusion à Chichester et lord Arthur comprit que l'attentat avait échoué.

Ce fut pour lui un terrible coup et, quelques minutes, il demeura tout à fait abattu.

Herr Winckelkopf, qu'il alla voir le lendemain, se répandit en excuses laborieuses et offrit de lui fournir une autre horloge à ses propres frais ou une caisse de bombes de nitroglycérine au prix coûtant.

Mais lord Arthur avait perdu toute confiance dans les explosifs et Herr Winckelkopf reconnut que toutes choses sont si sophistiquées aujourd'hui qu'il est difficile d'avoir même de la dynamite non frelatée.

Cependant, le petit Allemand, tout en admettant que le mouvement à horlogerie pouvait être défectueux sur quelques points, n'était pas sans espoir que l'horloge pût encore se déclencher. Il citait à l'appui de sa thèse le cas d'un baromètre qu'il avait envoyé, une fois, au gouverneur militaire d'Odessa, réglé pour exploser le dixième jour. Ce baromètre n'avait rien produit au bout de trois ans. Il était également tout à fait exact que, lorsqu'il explosa, il ne réussit qu'à réduire en bouillie une servante, car le gouverneur avait quitté la ville six semaines avant, mais du moins cela prouvait que la dynamite, en tant que force destructive, sous le commandement d'un mouvement d'horlogerie, était un agent puissant, bien qu'un peu inexact.

Lord Arthur fut un peu consolé par cette réflexion, mais même à ce point de vue, il était destiné à éprouver une nouvelle déception.

Deux jours plus tard, comme il montait l'escalier, la duchesse l'appela dans son boudoir et lui montra une lettre qu'elle venait de recevoir du doyenné.

— Jane m'écrit des lettres charmantes, lui dit-elle, vous devriez lire la dernière : elle est aussi intéressante que les romans que nous envoie Mudie.

Lord Arthur lui prit vivement la lettre des mains.

Elle était ainsi conçue :

LE DOYENNÉ, CHICHESTER

27 mai.

« Ma bien chère tante,

« Je vous remercie beaucoup de la flanelle pour la société Dorcas et aussi pour le guingamp.

« Je suis tout à fait d'accord avec vous pour estimer absurde leur besoin de porter de jolies choses, mais aujourd'hui tout le monde est si radical, si irréligieux qu'il est difficile de leur faire voir qu'ils ne doivent pas avoir les goûts et l'élégance des hautes classes. Vraiment je ne sais où nous allons ! Comme papa le dit souvent dans ses sermons, nous vivons dans un siècle d'incrédulité.

« Nous avons eu une bonne histoire au sujet d'une petite pendule qu'un admirateur inconnu a envoyée à papa jeudi dernier. Elle est arrivée de Londres, port payé, dans une caisse de bois et papa pense qu'elle lui a été expédiée par quelque lecteur de son remarquable sermon *La Licence est-elle la Liberté ?*, car la pendule est surmontée d'une figure de femme avec ce qu'on appelle un bonnet phrygien sur la tête.

« Moi, je ne trouve pas cela très convenable, mais papa dit que c'est historique. Je suppose donc qu'il n'y a rien à redire.

« Parker a dépaqueté l'objet et papa l'a placé sur la cheminée de la bibliothèque.

« Nous étions tous assis dans cette pièce vendredi matin, quand, au moment même où la pendule sonnait midi, nous entendîmes comme un bruit d'ailes ; une petite bouffée de fumée sortit du piédestal de la figure et la déesse de la Liberté tomba et se cassa le nez sur le garde-feu.

« Maria était tout en émoi, mais c'était vraiment une aventure si ridicule que James et moi nous avons fait une bonne partie de rire. Papa même faisait chorus.

« Quand nous avons examiné l'horloge, nous avons vu que c'était une espèce de réveille-matin et qu'en plaçant l'arrêt sur une heure déterminée et en mettant de la poudre et une capsule de fulminate sous un petit marteau, l'éclatement se produisait quand on le voulait.

« Papa a dit que c'était une pendule trop bruyante pour demeurer dans la bibliothèque.

« Reggie l'a donc emportée à l'école et là elle continue à produire de petites explosions tout le long de la journée.

« Pensez-vous qu'Arthur aimerait un cadeau de noces de ce genre ? Je suppose que cela doit être tout à fait à la mode à Londres.

« Papa dit que ces horloges sont propres à faire du bien, car elles montrent que la liberté n'est pas durable et que son règne doit finir par une chute. Papa dit que la liberté a été inventée au temps de la Révolution française. Cela semble épouvantable.

« Je vais aller tout à l'heure chez les Dorcas et je leur lirai votre lettre si instructive. Combien est vraie, ma tante, votre idée qu'avec leur rang dans la vie ils voudraient porter ce qui ne leur sied pas. Je dois dire que leur souci du costume est absurde quand ils ont tant d'autres graves soucis dans ce monde et dans l'autre.

« Je suis bien heureuse que votre popeline à fleurs aille si bien et que votre dentelle ne soit pas déchirée. Mercredi, je porterai chez l'évêque le satin jaune dont vous m'avez si gracieusement fait don et je crois qu'il fera le meilleur effet.

« Avez-vous des nœuds ou non ? Jennings dit que maintenant tout le monde porte des nœuds et que les chemisettes se font à jabot.

« Reggie vient d'avoir une nouvelle nouvelle explosion. Papa a ordonné de transporter l'horloge à l'écurie. Je ne crois pas que papa l'apprécie autant qu'au premier moment, bien qu'il soit très flatté d'avoir reçu un présent si gentil et si ingénieux. Cela prouve qu'on lit ses sermons et qu'on en tire profit.

« Papa vous envoie ses amitiés, James, Reggie et Maria s'unissent à lui, espérant que la goutte de l'oncle Cécil va mieux.

« Croyez-moi, ma chère tante, votre nièce affectionnée.

« Jane Percy. »

P. S. Répondez-moi au sujet des nœuds. Jennings soutient avec insistance qu'ils sont à la mode.

Lord Arthur regarda la lettre d'un air si sérieux et si malheureux que la duchesse éclata de rire.

— Mon cher Arthur, lui déclara t-elle, je ne vous montrerai plus une lettre de jeune fille ! Mais que dire de cette pendule ? Cela me semble une invention vraiment curieuse et j'aimerais en avoir une semblable.

— Je n'ai pas grande confiance dans ces horloges, dit lord Arthur avec son sourire triste.

Et, après avoir embrassé sa mère, il quitta la pièce.

En arrivant au haut de l'escalier, il se jeta sur un fauteuil et, ses yeux se remplirent de larmes.

Il avait fait de son mieux pour commettre le meurtre, mais en deux occasions ses tentatives avaient échoué, et cela, sans qu'il y eût de sa faute. Il avait essayé de faire son devoir, mais il semblait que la destinée le trahissait.

Il était accablé par le sentiment de la stérilité des bonnes intentions, de l'inutilité des efforts pour une belle action.

Peut-être eût-il mieux valu rompre le mariage. Sybil aurait souffert, c'est vrai ; mais la souffrance ne ruine pas un caractère aussi noble que le sien.

Quant à lui, qu'importait ! Il y a toujours quelque guerre où un homme peut se faire tuer, quelque cause à laquelle un homme peut donner sa vie, et si la vie n'avait pas de plaisir pour lui, la mort ne l'effrayait pas.

Que la destinée ourdisse son sort à sa guise ! Il ne ferait rien pour la conjurer.

À sept heures et demie passées, il s'habilla et se rendit au club.

Sorbiton y était, avec une société de jeunes gens, et lord Arthur fut obligé de dîner avec eux. Leur conversation banale, leurs lazzis oiseux ne l'intéressaient pas et, sitôt que le café fut servi, il les quitta, inventant le prétexte d'un rendez-vous pour expliquer sa retraite.

Comme il sortait du club, le laquais de service à la porte lui remit une lettre.

Elle était d'Herr Winckelkopf, qui l'invitait à venir, le lendemain soir, voir un parapluie explosif qui éclatait aussitôt qu'on l'ouvrait. C'était le dernier mot des inventeurs. Le parapluie venait d'arriver de Genève.

Lord Arthur déchira la lettre en menus fragments. Il était déterminé à ne plus avoir recours à de nouvelles tentatives.

Puis, il s'en alla errer le long des quais de la Tamise et, pendant des heures, il demeura assis près du fleuve.

La lune se montra à travers un voile de nuages fauves, comme un œil de lion derrière une crinière, et d'innombrables étoiles pailletèrent l'abîme des cieux, comme la poussière d'or qu'on a semée sur un dôme pourpre.

À certains moments, un bateau se balançait sur le fleuve bourbeux et poursuivait sa route dérivant au gré du courant.

Les signaux du chemin de fer, de verts, devenaient rouges, à mesure que les trains traversaient le pont avec des sifflements aigus.

Un peu plus tard, minuit tomba avec un bruit lourd de la petite tour de Westminster, et, à chaque coup de la cloche sonore, la nuit sembla trembler.

Puis, les lumières du chemin de fer s'éteignirent. Une lampe solitaire continua seule à briller comme un grand rubis sur un mat gigantesque, et la rumeur de la cité s'éteignit.

À deux heures, lord Arthur se leva et flâna du côté de Blackfriars.

Que tout lui paraissait irréel, semblable à un rêve étrange !

De l'autre côté de la rivière, les maisons semblaient immerger des ténèbres. On eût dit que l'argent et l'ombre avaient modelé le monde à nouveau.

L'énorme dôme de Saint-Paul s'esquissait comme une bulle à travers l'atmosphère noirâtre.

Comme il approchait de l'Aiguille de Cléopâtre, lord Arthur vit un homme penché sur le parapet et quand il s'approcha, la lumière du réverbère tombant en plein sur son visage, il le reconnut.

C'était Mr Podgers.

Nul n'eût pu oublier le visage gras et flasque, les lunettes d'or, le faible sourire maladif, la bouche sensuelle du chiromancien.

Lord Arthur s'arrêta.

Une idée l'illumina soudain, comme un éclair.

Il se glissa doucement vers Mr Podgers.

En une seconde il le saisit par les jambes et le jeta dans la Tamise.

Un grossier juron, un clapotis d'éclaboussures, et ce fut tout.

Lord Arthur regarda avec anxiété la surface du fleuve, mais il ne put rien voir du chiromancien que son petit chapeau qui pirouettait dans un tourbillon d'eau argentée par le clair de lune. Au bout de quelques minutes, le chapeau coula à son tour, et plus aucune trace de Mr Podgers ne demeura visible.

Un instant, lord Arthur crut qu'il apercevait une grosse silhouette déformée qui s'élançait sur l'escalier près du pont, et un affreux sentiment d'échec s'empara de lui, mais bientôt cette image s'accentua en reflet, et quand la lune brilla de nouveau, après s'être dégagée des nuages, elle finit par disparaître.

Alors il lui sembla qu'il avait réalisé les décrets du destin. Il poussa un profond soupir de soulagement et le nom de Sybil monta à ses lèvres.

— Avez-vous laissé tomber quelque chose dans l'eau, monsieur ? dit soudain une voix derrière lui.

Il se retourna brusquement et vit un *policeman* avec une lanterne œil-de-bœuf.

— Rien qui vaille, sergent, répondit-il en souriant.

Et, hélant un fiacre qui passait, il sauta dedans et ordonna au cocher de le conduire à Belgrave Square.

Les quelques jours qui suivirent, il fut alternativement joyeux et inquiet.

Il y avait des moments où il s'attendait presque à voir Mr Podgers entrer dans sa chambre et, pourtant, d'autres fois, il sentait que la fortune ne pouvait être aussi injuste à son égard.

Deux fois, il se rendit à l'adresse du chiromancien à West Moon Street, mais il ne put prendre sur lui de faire tinter la sonnette.

Il languissait d'avoir une certitude et il la redoutait.

À la fin, elle vint.

Il était assis dans le fumoir du club. Il prenait du thé, en écoutant avec un peu d'ennui Surbiton qui lui rendait compte de la dernière opérette de la Gaîté, quand le valet de pied apporta les journaux du soir.

Il prit la *Gazette de Saint-James* et il en feuilletait les pages d'un air distrait quand ce titre singulier frappa ses yeux.

SUICIDE D'UN CHIROMANCIEN

Il devint pâle d'émotion et se mit à lire.

L'entrefilet était ainsi conçu.

« Hier matin, à 7 heures, le corps de Mr Septimus R. Podgers, le célèbre chiromancien, a été rejeté sur le rivage à Greenwich en face du Ship Hotel.

« Le malheureux gentleman avait disparu depuis quelques jours et les milieux de la chiromancie éprouvaient de grandes inquiétudes à son égard.

« On suppose qu'il s'est suicidé sous l'influence d'un dérangement momentané de ses facultés mentales causé par le surmenage, et le jury du coroner a rendu, à cet effet, un verdict conforme cet après-midi.

« Mr Podgers venait de terminer un traité complet relatif à la main humaine. Cet ouvrage sera prochainement publié et soulèvera, sans nul doute, beaucoup de curiosité.

« Le défunt avait 65 ans et ne paraît pas laisser de famille. »

Lord Arthur s'élança hors du club, le journal à la main, au grand ahurissement du laquais chargé de la conciergerie, qui essaya vainement de l'arrêter.

Il courut droit à Park Lane.

Sybil, qui était à sa fenêtre, le vit arriver et quelque chose lui dit qu'il apportait de bonnes nouvelles. Elle courut à sa rencontre et, quand elle regarda son visage, elle compris que tout allait bien.

— Ma chère Sybil, s'écria lord Arthur, marions-nous demain !

— Jeune fou, et le gâteau nuptial qui n'est même pas commandé ! répliqua Sybil en riant au milieu de ses larmes.

VI

Quand le mariage eut lieu, environ trois semaines plus tard, Saint-Peter fut envahi d'une vraie cohue de gens du meilleur monde.

Le service fut lu d'une façon très émouvante par le doyen de Chichester et tout le monde était d'accord pour reconnaître qu'on n'avait jamais vu de plus beau couple que le marié et la mariée.

Ils étaient plus que beaux, car ils étaient heureux.

Jamais lord Arthur ne regretta ce qu'il avait souffert pour l'amour de Sybil, tandis qu'elle, de son côté, lui donnait les meilleures choses qu'une femme peut donner à un homme, le respect, la tendresse et l'amour.

Pour eux, la réalité ne tua pas le roman.

Ils conservèrent toujours la jeunesse des sentiments.

Quelques années plus tard, quand deux beaux enfants leur furent nés, lady Windermere vint leur rendre une visite à Alton Priory — un vieux domaine aimé qui avait été le cadeau de noces du duc à son fils — et un après-midi qu'elle était assise, près de lady Arthur, sous un tilleul dans le jardin, regardant le garçonnet et la fillette qui jouaient à se promener par le parterre de roses comme des rayons de soleil incertains, elle prit soudain les mains de son hôtesse dans les siennes et lui dit :

— Êtes-vous heureuse, Sybil ?

— Chère lady Windermere, certes oui, je suis heureuse ! Et vous, ne l'êtes-vous pas ?

— Je n'ai pas le temps de l'être, Sybil. J'ai toujours aimé la dernière personne qu'on me présentait, mais d'ordinaire, dès que je connais quelqu'un, j'en suis lasse.

— Vos lions ne vous donnent-ils plus de satisfaction, lady Windermere ?

— Oh ! ma chère, les lions ne sont bons qu'une saison ! Sitôt qu'on leur a coupé la crinière, ils deviennent les créatures les plus assommantes du monde. En outre, si vous êtes vraiment gentille avec eux, ils se conduisent très mal avec vous. Vous souvenez-vous de cet horrible Mr Podgers ? C'était un affreux imposteur. Naturellement, je ne m'en suis pas aperçue tout d'abord et même quand il avait besoin d'emprunter de l'argent, je lui en ai donné, mais je ne pouvais supporter qu'il me fît la cour. Il m'a vraiment fait haïr la chiromancie. Actuellement, c'est la télépathie qui me charme. C'est bien plus amusant.

— Il ne faut rien dire ici contre la chiromancie, lady Windermere. C'est le seul sujet dont Arthur n'aime pas qu'on rie, je vous assure que, là-dessus, ses idées sont tout à fait arrêtées !

— Vous ne voulez pas dire qu'il y croit, Sybil ?

— Demandez-le lui, lady Windermere. Le voici.

Lord Arthur arrivait, en effet, à travers le jardin, un grand bouquet de roses jaunes à la main et ses deux enfants dansant autour de lui.

— Lord Arthur ?

— À vos ordres, lady Windermere.

— Vraiment, oserez-vous me dire que vous croyez à la chiromancie.

— Certes oui, fit le jeune homme en souriant.

— Et pourquoi ?

— Parce que je lui dois tout le bonheur de ma vie, murmura-t-il en se laissant tomber dans un fauteuil d'osier.

— Mon cher lord Arthur, que voulez-vous dire par là ?

— Sybil, répondit-il en tendant les roses à sa femme et en la regardant dans ses yeux violets.

— Quelle stupidité ! s'écria lady Windermere. De ma vie, je n'ai jamais entendu stupidité pareille !

IMPRIMÉ EN UNION EUROPÉENNE
le 06-11-2001
N° d'impression : 9846
001/01 – Dépôt légal, novembre 2001